RAPPORT

D'UN

CONGRÈS

SCIENTIFIQUE EN VERS PATOIS,

EN RÉPONSE

à un *fragment* d'une Séance scientifique, tenue dans le chef-lieu d'un département du *Midi*.... contre le patois.

Par P. BONNET,

TOURNEUR ET CAFETIER

A BEAUCAIRE.

SE VEND CHEZ L'AUTEUR.

RAPPORT
D'UN CONGRÈS

SCIENTIFIQUE EN VERS PATOIS,

EN RÉPONSE

à un *fragment* d'une Séance scientifique, tenue dans le chef-lieu d'un département du *Midi*.... contre le patois.

FRAGMENT

M. A ; expose qu'il ne veut pas traiter le fond de la question, mais établir simplement l'inutilité de bannir complétement le patois.

———

M. etc. : Cherche au contraire à établir qu'il y a urgence à faire disparaître un idiôme dans lequel on ne retrouve presque plus de traces du langage primitif. etc. etc.

P_{AR} PIERRE BONNET,

TOURNEUR ET CAFETIER

DE BEAUCAIRE.

———

EPIGRAPHE:

Co meis vers soun patois, meis idée soun françaisou.

Janvier 1847.

BEAUCAIRE,

TYPOGRAPHIE DE L. MASSIS.

1847

AVIS AU LECTEUR,

Sur la manière de lire la Poésie patoise.

Je vais répéter l'observation que j'ai dejà faite sur les pluriels, et les singuliers, d'un ancien professeur de Rhétorique, d'Avignon; monsieur Hyacinte Morel, auteur d'un volume de Poésie patoise, dont la langue est la même sur les deux rives du Rhône, du St-Esprit a la mer.

Pour ce qui est de la versification, je me suis permis une licence que ne prennent pas les poètes français, dont les modernes troubadours, ont adopté le code, je fais rimer, sans scrupule, le singulier avec le pluriel, par la raison que l'observance de cette loi ne présente que des entraves inutiles, et que, dans notre patois, on ne fait presque jamais sonner la consonne caractéristique, ce qui la fait supprimer avec raison.

Tous les mots français qui finissent par *ion*, comme *nation*, *action*, etc., dans le patois, ont une syllabe de moins que dans le français.

Quand aux *hialus*, on n'en trouvera point. S'il y avait une grammaire patoise; je la suivrais. J'écris comme je parle.

DEDICAÇOU.

Enfant dè Prouvençou,
Et tout lou miejour,
Qu'avé prés nissençou
Din tan beou sejour,
Ima lou lengagé
Deis viei troubadour,
Qué touteis leis agé
Charmou tour a tour;
Es vostou boussolou,
Coumou les ayeou,
Aco nous counsolou,
Car nous ven de dieou.

Un feiblé rimaïré,
Qués din soun hiver,
Dé soun viei Beoucaïré,
Vous cantou seis vers;
Et vous leis dediou,
Coumou bons enfant,
Car sa poësiou
Es patois pur sang.

De nouveou vandalou
Soidisant savant,
Crezen d'avé d'alou
Dedin leis talan,
Voloun din sa gloyou,
A nosté parla,
D'unou rageou goyou,
Poudé l'estrangla.
Sa hainou minablou
Es d'un fanfaroun,

Ques dedin la sablou
Frés coumé un bouïroun.
    Escusa moun zélou,
Per eu moun amour
Es en santinelou,
La neuch et lou jour.
Alor moun geniou,
Quoi qué *cagounis*,
Cantan la patriou,
Bat deis alé et dis:
    Beou jardin dé françou,
Toun souleou briyand,
Qué dé l'aboundançou
Es lou diaman,
Dieou din soun imagé
Faï veï sa grandour,
 Touteis leis nivagé
Leis faï foundré en plour :
Refrescoun la terrou,
Piei dé sieis rayoun,
Soun beou menisterou
Y'entrant en fountioun;
Getou la richessou
Oue cultivatour,
Caoufou la tendressou
Deis jouineis amour;
Lou buvur animou,
Beeou per mies canta,
Coumou yeou meis rimou,
Per vous countenta.

RAPORT

D'UN COUNGRÉ SCIENTIFIQUO PER LOU BEN PUBLIC,
TENGU A BEOUCAÏRE, LOU 20 AVOUS 1846,
DIN LA FIGNEROU DE BALANDRAN.
PROUMIEROU SEANÇOU.

' Membre coumposant lou sublime coungré.

CARAMINÉ, Barbabou, Triquetou, Balandran, Papoufigou,
Cagantorçhou, Fouyoun, Saquetou, Rebalou-Cayaou,
Cabissolou, Tarnagas, Cenepou, Sicoureyou, Cascaveou,
Pistoufou, Cranqueli.

Et unou grandou cantita de membre respectablé
que per dalicatessou voloun que seis noum jogoun eis
escoundudou dedin aqueste raport :

Car ce leis noumavian, quatre jour de licturou
A peinou sufiyen.... youeyé de tablaturou.

CARAMINÉ *président ,*
membre deis academious douc Martegue, Bousigou, Cadaroussou,
ETC., ETC.

BARBABOU, *vice-président ,*
membre de plusieurs soucieta savantou, coume Ibrou, Fourquou
Jounquierou, Maloucenou, Courtesoun, etc., etc.

TRIQUETOU, *secretari,*
homme de lethrou destingr.

Lou President aprés avé fa l'apel, dis :

Messieus, sieou satisfa qué l'elitou patois
Ague entendu l'apel de ma galoïsou voix ;
Hounoré de bon corp nostou digne assembladou
Qué per leis embetioux sara jamaï troubladou :

L'amour de faïre ben ici nous réunis ;
Et jamai nous diran engavaçhou peïs.
Diren cé qué saben sans yé mescla de gloyou ,
Et nous trataran pa d'estre d'homme de croyou.

Lissen eis ferluquet lou rasteou deis grand mot ;
Parlen lou beou patois qu'aven apres, marmot,
Quand clafi dé poutoun de nostou bonnou *maïré* ,
Aqueou bel *alphabet* nous rendié caquetaïre.
Dedin talou pensioun coustavian paou d'argent,
Lou beou sang maternel erou nosté regent.
Piei la *chatou* de dieou , la poulidou *naturou*
Vengué les yeux ferma feni nostou culturou.
Aven aprés quicon , seguissen seis liçoun,
D'escouyé coumou nous sian pa dé courcoussoun
Qué trouequiyoun per tout ; més aven l'avantagé
D'embeli sans orgueï nosté galoï lengagé.

L'escouyé qué couneï qué cé que yan aprés ,
Es un ase bata bon per pourta l'arnes.

Fazen veïre eis fanfan qué savent ges d'escolou.
Nosté resounament marçhou pa dé bricolou :
Car sian de memou car que nous tapou leis os ,
Cé soun pé fier que nous, sian egaou din lou cros.

Sus nosté pouli biai res ya ges d'hypoutequou.
Anen pa mastrouya ges de bibiouthequou ,
Prendre une idée de jean, dé Paul, de Bourtoumiou.
Nous aoutreis légissent oue grand libre dé dieou,
Aqueou qué yé marchen a la bonne avanturou ,
Que la terre et lou Ciel soun seis dox couverturou.

Per lou ben doue peïs ce que chacun souera,
San yé mescla de fard lou desveloupara.

Cé sian dé soun avis coumou crezé d'avançou.
N'uyaren leis journaou doue miejour de la Françou.

N'importou l'ouepignoun de caouqueis mié savant,
Dedin nosté coungré faren toujour avant.

Mes avant debuta foou qué nosté poëtou,
Digué doue beou patois soun histoirou coumpletou.
Quand nous ouera descrit seis grandeis verita,
Qué nous ouera pinta seis galanteis beouta,
Chacun selon soun tour dedin nosté oueditoirou
Debitara lou fruit de sa gayou memoirou.

Anen, cher Balandran. commençou toun discour,
Embibou toun savoir a teis chers oueditour.

BALANDRAN, *poëtou.*

De nosté beou patois voou desroula la tellou.
Selon soun picho biaï moun savoir metra velou.
Malargaraï jamaï mounté ya leis ecueï :
Prefere resta cour din moun feiblé recueuï,
Qué d'imita lou *géaï* d'oue bonias *Lafountaïnou*;
Mes sus cé qué diraï mé sente bonne alenou.
Cé mé fouyé cita toufeis leis grand savant
Quand flata lou patois, parlayeou maï d'un an.
Nen vole cita qu'un, veritablé geniou,
Deis quarante imortel fourman l'académiou.

L'abbé *Taleman* diguet en pleinou seançou academiquou sans estre countroudit per ges de seis counfraïré en parlan doue patois.

Chaque langue a ses beautés et ses agréments, et Dieu a donné a tous les peuples des paroles pour faire connaître leurs pensées. Il y a un orgueil mal fondé de croire une langue plus diserte qu'une autre. En France même il y a des langages particuliers dans lesquel il y a des manières de s'exprimer qui sont inimitables.

Quand dé savant ancin proutegeoun lou patois,
Deven per lou canta gargalisa la voix,
Et lissa Barbela caou yé serquou querellou,
Qué faï coumé un *tavan* ouetour d'unou candellou.
Noun !! jamaï lou patois lou faran esvali,
Pé beou qué lou *phenix* lou viyen expeli.
Cé de revoulutioun yé brulavoun leis allous,
Voulligeayé per tout mies que l'enfaut Dedalou.

　　Mes nous esmouguen pa dessus un tal ouebjet,
Ami, voou coumença dé canta moun soujet,
Et vous dire émé goux en vervou masculinou,
Dé notre gaï parla la celebre ouereginou.
Dé mon pichò savoir ém'isence et gaità,
Vous voou faïre espéli ren que dé verita.

Moun grand qu'errou *mouemér* avié bonnou me—
　　　　　　　　　　　　　[moirou,
Tenié din soun cerveou de conte, et forcé histoirou,
　　Quand dessus seis ginoux mé fazié faï *dada*,
Qué moun jouine babil me lou fazié landa,
Oueyo dé mé farci ma testou de souenettou,
Mé countave emé goux d'histoirou poulidetou.
Entr'aoutrou mé désié : qu'apres que leis Francés,
Et leis poplé doue nord per la dernierou fés
Dounteroun leis Romains, partagean sa depouyou,
Dé la *Gaule* counquise espousseroun la rouyou.
　　Piei lissant eis counquis, seis leis, sa religioun,
Soun lengagé, seis mœurs qué tegnen deis legioun,
Founderoun, per lou ben, din sa bellou clemançou,
Aquelou *louyouta* qué faï briya la Françou,
Despiei mille ans et plus.... mé y'avié doux parla
Lou *tudesque et romain* vegnen s'engavela.

.ou proumier leis francés lou tegnen d'Alemagnou,
Erou tré counegu deis villou, deis campagnou.
De vesinou natioun lou trouvavoun tant beou :
Qu'a seis counversatioun cé parlavou caqueou.

Lou segoun cé parlave en gaulou narbounesou
Car fugué deis Romain la proumierou surpresou.
Cé trouvave un parla de latin lei trés quart,
Qué la loungou doue tems fagué veni bastard.
Et leis viei *troubadour*, lei païre de la rimou,
Dedin soun prouvençaou qu'errou pa sancé estimou,
Desien lengou *roumane*, issan de mot coussu,
Qué quoi qué roturicr avien l'estil moussu.
Car dé princé et dé reïs aoutreis fés lou parlavoun,
Et seis damou datour emé joie lou cantavoun.
Eis cabane eis palaï pastres et grand seignour,
Per cé n'en rejouvis fazien leis troubadour.

Aqueleis doux lengagé aprés cé separeroun
Entré qué nosteis Gaule en dox leis partageroun.
Quand leis doux picho fils doue grand *Carle ma-*
[*gnus*
Agueroun sa mita san yé mescla d'abus,
Charle-testou-pelade agué la vieyou *Gaulou*,
Et *Louvis lou Germain* agué pér espingolou,
Lou Nord qu'errou francés, qu'avien per seis talant
Dedin caouqueis coumbat prés sus leis alemand.
La *Roumanou* fugué per *Charle teste etiquou*.
La Tudesquou resté per *Louis germaniquou*.

Cepandant la proumiere agué de crontou tems,
Perdeguét de valour dins aqueou changeament.
Quand fourtunou sen vaï, qué vous virou l'es-
[quinou,

Tout cé que laïsse en or vous lou change en caninou.

Entré qué l'alemant de Françou boumbiguét,
La cour de nosteis reïs a Paris cé tenguèt,
Avant la Capitale ere *Axaï-la-Capelou* ;
La noublessou d'alor yé restave emé zellou.

La cour cé tenen yeun doue peïs Narbounes,
Oublidé dé parla tout cé que n'avié apres.
Segoundade emé joïe dei prouvincou vesinou ,
,Un lengagé nouveau prenguét soun oureeginou.
Pourtavou ben lou nom de *Roumané* ou *Rouman:*
Er'un choix qu'avien fa deis mot lei pé charmant
De nosté beou patois, car lou desvaliseroun ;
Cé Caguét dé miyou. Peccaïre y'agraferoun.

En fourmant doux lengagé un *d'Oc* et un *d'Oucvi*,
Leis nouveou courtisan fugueroun rejouvi.
Lou proumié cé parlave oue miejour de la *Loïrou* ,
Et doue Nord lou nouveou sen fazien unou gloïrou. *
(Coumou dis lou prouverbe eis sage, eis gargameou ;
Din soun aparitioun, de nouveou tout es beou.)

Vaqui la devesioun d'aquelei doux lengagé.
Quand leis nouveou Frances fagueroun soun partagé.

Lou cretiqué erudit legis san citatioun.
Et saou qué lou frances a de bonnou pourtioun
Doue patois coumé aï dit : ouessi saou que lou
[*Dantou* ,
Qué din tout ce qu'ascrit sa beouta vous encantou,
Fugué sus la balance, et sen fougué fort paou
Qu'escriguesse seis vers en patois prouvençaou.

L'Italiou nous deou cé qué devian a *Roumou* ;
.Doue lengagé *rouman* mourden la memou poumou

* Extrait de monsieur *de Caseneuve* dans *Goudoulin.*

Lou parla catalan ven dé nous seis vesin,
L'espagnoou cé nen ser farda de Sarazin.
    Ainsi nosté patois dedin aquel affaïré,
Fugué dé trés parla lou veritable païre.
    Coumou d'enfants ingrat quand an tout dun
                                    [oustaou,
Bandissoun sans respect soun païre a l'hespitaou,
Nosté paouré patois resté din sa cabanou,
Agué din soun terren qué dé matou d'enganou;
Tandis qué lou francés, nouvel apoupouni,
Dedin de gran palaï yeré un enfant beni.
Fardavoun soun museon de cinquantou manierou,
Piei lou fazien marçha tengu per la brassierou,
Lou mendré deis souvé qué vouguessé, l'avié,
Din dé mignotou mans chasque jour grandessié.

Arou voou coumpara touteis leis avantagés
Qu'avié sus lou patois aqueou jouine lengagé :
    Reprochoun oue *miejour* que parlen pa tan ben
Nosté pouli patois coumou din l'ancien tems.
Pardi, quand un terren restou sançou faturou,
S'armassis chasque jour faoutou de nourriture,
Tandis qu'en faturan d'aïgue et de bon fumié,
Lou pé marrit armas enrechis lou fermié.

    Parloun ti lou francés d'aquelou vieyè epoquou,
Leis mié savant doue jour, veritablou bicoquou,
Alor dé bon rian cé dedin soun babil,
Doue *Rouman de la Rose* * emplugavoun l'estyl :

* J'ai pris le Roman de la Rose au hazard, cent vieux
auteurs de différentes époques pourraient me fournir des
matières.

Deduit ilecques s'esbatoit,
Savoit si bele gens a soi,
Qué quand je le vit je ne soi
Dont si tres beles gens pooient,
Estre venu car ils sembloient
Tout par voir anges empenes,
Si beles gens ne vit homs nés.

Cé poou ti desbargea d'unou talou manierou!
He ben vaqui leis vers qu'imavoun nosteis perrou.
    Aprés quand lou talant vengué sensiblement
La lengou chasque jour prenguét d'aoutre ourna-
                                            [ment.
    Villon ven : dis *Boileau* ; lou beou proumier de
                                      [Françou,
Deis ancien romancier desbrouyé la cadançou.

Je suis françois dont mon cul poise,
Nommé Corbeuil en mon sur nom,
Né de Paris empres pontoise ;
Et du commun nommé Villon.
Or d'une corde d'une toise
Sçaurait mon col que mon cul poise,
Si ne fut un joli appel,
Ce jeu ne me semblait point bel.

    Vaqui degea dé vers qué marquoun lou progré
Qué lou frances fazié din sei bastard coungré.
    Toutarou parlaraï quand leis academiou
Dé touteis leis façoun soun estadou seis mious.
    Avant, citen de vers patois d'un troubadour
Qué dedin lou francés a paou dé traductour :

Jantis pastouroulets qué desouts las oumbretos *
Sentets apazyma le calimas del jour ,
Tant qué les ouezelets per saluda l'amour
Uffloun le gargaillol de milo cansounetos.

Petits rius doun l'argen beziadomen gourino ,
Pradets oun le plazé nous embesco les els ,
Quand la jouino sason bous cargo de ramels ,
Augets coussi se plaingt unou nimpho moundino.

Vaqui des vers madur, car soun inimitablé ;
Aqueste traductour yes pas acoumparablé :

O vous gentils bergers qui dessous vos ombrages
Savourez a loisir les voluptes du jour ,
Tant qué le rossignol, aux sonnores ramages,
Fait répéter aux bois son langage d'amour.

Ruisselets dont l'argent flatteusement murmure,
Petits prés dont l'aspect sollicite au plaisir ,
Alors que le printems vous pare de verdure,
Ecoutez , ecoutez, une nymphe gemir. **

Hé ben la traductioun es coumeu dé piquettou
Proche un vin dé Bourdeou de la bonne etiquettou.
Mes lon veï lou camin qu'aqueou lengage a fa,
Car vici din doux mot leis ouetour doue ben fa
Qué desempiei lontems ye passoun la garlopou,
Cé qué faï coue savoir emé goux yé galopou.

* Goudelain, poète toulousain.
** Monsieur Silvain Petit, est le poète qui l'a le mieux approché.

Quand quarante imortel, ques quarantou *Briand;*
Geniou deis Frances, couroune en diamant,
Quand ce n'esvalis un, un autré lou ramplaçou.
Per soun digne savoir din soun *chatoun* s'enchassou.

Vous demande un *parla* qué despiei tant de tems
Qu'aquelei erudit se trovoun seis regents,
Per nen pa proufita foudreyé que sa testou
Aguesse lou cerveou dun mesquin *serquou festou.*

Ouessi deven savant, car touteis leis natioun
Yé fournissoun de mot per soun educatioun :
Doue *grec* et doue *latin* prenoun la quintoussençou,
Em'un paou de frances yé fardoun sa nissencou.
Piei gn'embiboun lou corp doue matin jusque oue
                              [soir,
Coumou faï per leis flour oue printems l'arousoir.

Sance aqueleis liçoun din seis vers et sa prosou,
Parlayen lou frances doue *Rouman de la Rosou.*
Aquelei *caqueteur* qu'ataquoun lou patois
Gazouyoun lou frances fabrica proumiér choix,
Car lou mendre deis mot passou din cent balançou,
Avant défigura din leis escrit dé Françou.

Cé lou pouli patois qu'aï cita din meis vers,
Qué soun beou *ramelet* de tout tems sara ver,
Aviè agu que lou quart deis flours académiquou,
Bourdegeayé de pres lou latin en destiquou,
Et lou frances de yeui qué levou tant lou nas,
Dedin forçou chantié yé cedayé lou pas.

Mes maouegra leis esfort et leis grand verinadou,
Dé certen *Cabriand* tan ben faï d'escapadou.

Dé pé savant que yeou moloun dé soun cerveou,
Oue lengagé *rouman* dé sublime mouceou.

Poureyeou nen cita, mes soun pa moun affaïré.
Prefere en verita canta leis estrifaïré
Qué pessugoun per tout mes soun pa san défaou.
Cé qué meritoun yeui yé voou dire tout caou.

Couneisse dé *mortel* qué soun dé counferençou,
Quand de facilita per certen mot de sciençou,
Mes dedin seis escrit yé vesoun qué dé gris,
Foou qué dé pé savant desbrouyoun seis gachis.

S'escrevien sous dictade un picho paragraphou.
Escreouyén pa siei mot san faoutou d'ortographou, *
Mes s'escartoun jamaï de soun mesquin jargoun,
Coumou dé perrouquét caquetoun sa liçoun.

Qué yé faï lou patois emaqueleis *vandalou*
Qué lou voloun counta din caouque foun de *calou.*

Preten ti figura din l'universita?
Eis escolé, eis coulege es ti representa?
Oue merité frances yé faï ti la singeadou?
Noun!! dedin soun respect yé faï la capeladou.

Foou veritablement sourti de *Charantoun,*
Per avé desbargea dessus un payé toun.

Que fagoun oue pèïs coumou lou reï *Hérodou;*
Seguissen pas a pas sa sanguinerou modou :
Oueyo deis enfantoun sus seis maïré acha cent,
Faïré din lou *miejour massacre d'inoucent.*

Vaqui coumou pourrien y'afebli soun lengagé,
Mes dedin caoque tems reprendrè mies couragé.

O qué per un edit din touteis leis ressort,
Caou parlara patois sara puni de mort.

* A l'épreuve on leve les taches.

Extravagant vanté.... per vostou populaçou ,
Enventa de travaï brulayé sa besaçou.
  Vaqui vosté devè ; mes cé nan gés dé pan ,
Parlaran pus patois quand saran mort dé fan !!!
  Lou proumié deis talant de l'homme ques capablé,
Es de gari lou maou dé cé qués miserablé.
  Cé bifa soun patois , bifa sa paouréta ;
Aprendran lou francés quand saran remounta :
  Mes trevou sus taou gens vivou lou caquetagé
Que nous faï supourta leis doulour doue minagé.

  Un menistre frances enfant doue beou *miejour*,
Qua nosté gaï patois yé marquou soun amour,
Homme qué pér l'esprit a maï qué d'unou *testou*,
Dedin soun ménistere en dounan caouquou festou ,
En d'enfant doue peïs elouquen deputa
Desié : meis bons amis préne la libérta ;
  » Aqués soir d'embandi nostou lengou francesou ,
  » Qu'ane ver leis douctour discuta caouquou tesou,
  » Per sa franquou gaïta , quoi qué dedin Paris,
  » Lou patois deou regna coume *astre* doue peïs. »
  Alor la soucieta lançavoun seis bourdadou ,
Leis termé prouvençaou charmavoun leis soiradou.

  Un malheroux prouscrit, din de revolicioun ,
A través leis *indiens* sans cevelisatioun ,
Aprés milou malhur per la douce esperançou ,
Dé reveire lou ciel dé nostou bellou Françou ;
  Un bastiment francés arrivou din lou port,
De matelot *normard* yé rendoun seis transport ,
En yé parlant francés aco lou recounquiyou ,
Mes yé manquou quicon de sa bellou patriou.

Mé quand oue memé bord yé parloun prouven-
[çaou,
Dedin tant beou moumen cé creï din soun oustaou,
Leis crispassioun dé ner yé fan faï de grimaçou.
Din sa miegeou fouyé saoutou coum'un payassou.

Quand un bon péïsan temouin d'assassina,
Davant un tribunaou sançou y'estré gina,
Emé soun vieï patois qués sa soulé eloquençou,
Doue coupablé present y'agravou la sénténçou.
Ce parlavou frances sourrié ti cé qué dis?
Lou char davan leis bioous fayé qué de pastis.

Ainsi nosté patois enfant de la naturou,
Vieoura tant coue printems briyara la verdurou,
Qué lou Rhose a la mar pourtara soun bouyoun,
Qué lou souleou vendra nous darda seis rayoun,
Qué doue bon campagnard seis savantou faturou,
La terrou ye rendra de fruit maï qué m'usurou,
Tan qué doue ben dautrui cé vira dé jaloux,
Coumou din dé coungré d'espéçou d'orguyoux.

Aprés un taou discours din toutou la fignérou,
Toumbé deis grand bravos d'estiragne et poussierou.
Leis garri dé l'esfraï toumban pichot et gro,
Fugueroun aplati coumou de *picaro*.
Entré qu'aquellou joie fugué presque amoussadou,
Chascun a Balandran yé fagué l'acouladou.
Alor lou president diguét : meis bons amis,
Fazen veire eis jaloux que sian pas endourmi :
Anen, cher *Cascaveou*, coumençou ta besougnou,
Sies emé dé savan foou pas avé vergougnou.

CASCAVEOU , *douctour ex sçiencou.*

Messieurs, nosté Coungré qués per lou bèn public,
Déven aquesté jour ren lissa din l'oubli,
Serqua de soulagea la malherousou classou,
Oueyo doue *ventaraou* yé douna la bounassou.

Quand doue bon peïsant y'adouçissen lou maou,
Aven cé qué nous foou quand mount'en amoundaou.

Ainsi messieurs soueres qu'unou *martegaladou*
M'inspiré lou sécré d'unou richou pouemadou ;
Qués un pichot trésor per certen campagnard ,
Qué na pér tout moyen qu'un viel'ase téstard.

> Un Martegaou que soun bourisquou
> Er'un segoun *Mathieou Salen* ,
> Yé cridavou ; risquo qué risquo ,
> » Cé per marcha nas gis d'aleu ,
> » Ti coungriaraï la basano. »
> Maugra leis nioquou sus la peou.
> Lou bardo qu'erou pa hen cranou ,
> S'esquinave oue mendre fardeou.
> Lou mestré nen perdié la testou.
> Lou nouressié passablament.
> Désié ta magnerou pa lestou
> Mi donou pa countentament.
> Viravou de touteis leis caïré ,
> Per poudé l'escarabia ,
> Per lou travaï vouyé pa gaïré ;
> D'aco n'erou desvaria.
> Un jour vegué qué carenavoun
> La carcassou d'un bastiment,

Qué la vieyou pegou brulavoun,
Fuguét dedin l'estounament.
Diguét : « perqué fan talo cavo
» De rabina payé bateou ? »
Caouqu'un yé diguét d'un air gravou :
Marchara mies , sara pé beou.

    » O!! double sort qu'u descouverto!
Cridé! qué cavo pér moun aï!
» Deman sara deis pes alerto,
» Sés fianquou lou carenaraï,
» Et sieou ségur qué tendra régou. »
    Lou lendeman dins un piroou
Métégué dex yeourou dé pégou,
La fagué foundré coumou foou :
Entré qué fuguét preparadou ,
Em'une espeçou dé tampoun ,
La recettou fugu'engipadou
Sus chasque peou *d'Alibouroun,*
Qu'en la senten nen répétavou ,
Coumé apres vingt cop de bastoun.
» Va ben , diguét lou paoure diabli,
» Coumençou de si degourdi ;
» L'ouperatien dessus soun rabli,
» Mi provo coueraï réussi. »
    Lou méné dedin la campagnou,
Dins un camin, sançou brideou.
Pér yé faïré passa la cagnou,
L'alumé coume un gro flambeou.

    Lou viei bardo séntén la flamou ,
Boumbigué coume un *alagant,*
Quand lou mistraou , darnié ye bramou,
En n'en jougan oue butavant.

Lou *martegaou* n'esganassavou,
Cé bardassavou dé plaisi :
Sa descouvertou l'enchantavou,
Un grand bonheur vezié lézi.

Cour pér yé metré la couessanou,
Mé lou trouvé trés quart rousti,
Leis cambé en l'air, din leis enganou,
Per *l'acheroun* tout alesti.

» O!!! qu'u malhur! sort deplourabli!
(Cridé dedin soun desespoir,
» Arou qu'eres ben navigabli,
» Paoure *aï* ti perdi sans espoir.
» Qu'un *feu de dieou* lou carenagi!
» L'estoufe, et tout lou bataclan.
» Adieou, moun aï, faï bon vouyagi,
» Ta mouar mi ven rougna moun pan!!! »

Quand lou paouré din sa cabanou,
Na qu'un bourisquou per tout ben,
Peccaïré! qué faï la campanou,
Yes un terriblé crontou-tem.
Pus d'ajeudou, pus de *banastou*,
Pér pourta milou coumessioun :
Aqueou malhur qué lou lesvastou,
Yé ven mouzi seis prouvesioun.

Quand *l'asé* mort din taou minagé,
Yes maï qu'un fio quand faï ravagé.

Ainsi plouroun tal animaou
Maï que d'hommé plen de defaou.

D'arpagoun qué vivoun d'usuroa
Doue malheroux sançou mesurou,
Dé soun ben fan seis couelé gras,

En leis souenan a tour dé bras :
Quand yan tout... quand boursou garnidou,
D'un ren an la santa passidou,
Trambloun d'esfraï, cregnoun la mort,
Noun per restitua seis tor,
Mes per sussa d'aoutreis famiou ,
Prénoun dé bans.... leis recounquiyou ;
   Eh ben, *l'asé* d'un peïsan
Es préférablé à taous'arpian !

   Leis bourisqué an la peou tro durou
Per leis bans... mes miegeou brulurou
Leis carenan m'en qu'un bateou ;
Yé faï renouvela lou peou.
   Pieï d'un enguen dé *coloufanou*,
Gn'en recounquiya la basanou,
Sus seis ners talou découtioun ,
Yé donou de toun et d'actioun,
   Coume eis viouloun per la musiquou,
Qué sans aco sayen etiquou.

   Ainsi mountant pouli secré
Chéz lou paouré fara progré ;
Car sicou ben prevengu d'avançou
Qué seguiran moun ourdounançou.
   Déve coumou bravé francés
Deis *asé* gagna lou proucés.
Coumou n'aven en aboundançou,
Touteis mé faran reverançou.
   Nen couneisse de damiseou
Qué mé bissaran soun bridcou...

LOU PRÉSIDÉNT.

Quand per leis paoureis gens nieuch et jour lon
[travayou,
Dé savant coumou nous sian pa de gargavayou.
Ainsi din lou raport metren force attentioun,
Et saren louvangea dé toutou la natioun.
Anen, cher *Barbabou*, tu qué sies astronomou,
Parlou nous per lou ben de nosteis agronomou.

BARBABOU, *astronomou.*

Dieou per nous soulagéa nous envoyou doue Ciel
Touteis nosteis besoun à nous paoureïs mortel.
Disén ajeudou té, té saraï ton ajeudou,
Sas l'amour doue travaï viras ma ben vengudou.
Ainsi quand lou mazié veï veni lou printems,
Remerciou l'eternel de seis nouveou presents.
Més quand lou *mayestraou* supou soun esperançou,
Soun espoir es perdu, pus de pan, de pitançou.
Lou désespoir lou prend, veï pus soun paradis,
Din lou Rhôse vesin voou faïré un *negadis !!*
Eh ben ! aï lou mouyen d'escouefa soun couragé,
En dountan lou brutaou qué yé faï soun ravagé,
Et vegissi la narratioun
Qué ma dicta moun inventioun.

Un sagé cura de villagé,
Qué dé ville avié leis talan,
Quand éré émé leis peïsant,
Erou galoï dé l'assemblagé.

Gnavié caouqueis un de bourna,
D'aoutreis qu'eroun assez séna.
    Pas un piquavou la parpelou,
A la veyadou dé l'oustaou.
Yé degourdessié la vanelou,
Pér seis liçoun ben aprepaou.
    Erou savan sus ben de caousou,
Counessié la navigatioun,
Leis astrés et forçou migoun
Qué soun din la gran *cacalaousou.*
    Un soir resounavou dei vent,
Dezié : sur la routou marinou
» Gna *trentou-doux*, fan faï souvent
» Eis matelots car de galinou,
» Foou couneissé seis pousitioun.
» Saoupre esquifa de seis paragé,
» Aoutroument patafloou l'oueragé,
» Vous faï gounfla caouqué pissoun,
» Un *pierras* querou de la colou. »
Mounterou moussu lou cura,
Diguét : deis liçoun dé l'escolou,
Jamaï mé nen sieou ramboura.
    Mes sieou doue bos qué fan leis *papou.*
Crezé a vosteis liçoun, moussu,
Mé per leis trentoudox soupapou,
Aqui nous fazé veï de blu.
    Trentoudoux vent es de souenettou,
Bonnou per certainou fumettou,
Vous assure *sarnipabieou,*
Qué trés saisoun emé l'estieou,
Per tout y a pa maï d'air boufaïré
Qué cé qu'aven dé dicou pér païré.

Coumou!! lou capelan diguet,
» Din lou villag' ya d'empiou!! »
Nani, « *Pierras* respoundéguet,
» Vici moun dit sans avaniou.
» Et cé trouva cagué raisoun,
» Arrestarés vosté mentoun. »
N'aven qu'un dieou: segur yé crézé.
Mé semblou toujour qué lou vézé.
Pér seis ben fa nous rejouvis,
Ici coumou din tout peïs.
Es oue *perou*, dedin la *Chinou*,
Din lou *Nord*, din la *Palestinou*,
Oue *Levant*, ce trouvou per tout.
A coumença n'a ges de bout.
A forçou noum et forçe emblemé,
Es soulét, lou vent nés de méme....
Leis vent nes qu'un, ques lou mistraou.
Quand s'escapoulou de soun traou,
Din seis verinousou boufadou,
Per nous sibla sei serenadou,
Euregou dré coumé un canoun.
Mé coumé aqueste mounde es roun,
Vire a l'entour de la gran voutou,
En sabrivant changeou de routou,
Trouve un roquas din soun camin,
Virou de bord, es vent marin.
Rescontré un aoutré *butourodou*,
Retourné à *dia*, de tant qué rodou,
Din soun valsagé mita foou,
Dè *dia* galopou ver *iroou*.
Enfin lou rebound deis mountagnou,
Qué y'empachoun d'avé la cagnou,

Lou fan boufa dé cent façoun,
Es cé qué faï trentou doux noum.
Ainsi cé voulé pa mè creiré,
Partez, messieus , ana lou veiré.
Trouvares soutou *moumentou*,
Lendré d'aqueou laï lougarou.
Leis habitant de la countradou ,
Vous diran qué ya caoque annadou,
Qué taperoun lou vileu traou
Dé mounté sor lou laï brutaou.
Qu'unou bounassou generalou
Sus terrou douné la fringalou ,
Et sur la mar barque et visseou
Brandavoun pa maï qu'un pouteou,
Faoutou dé vent.... l'épidemiou
Dé tout cousta fazié furiou ,
Cé lou destapessoun pa leou,
Eroun supa per aqueou fleou.

    Enfin la caouse es ben segurou
Qué lou mistraou n'es lou soul vent,
Car touteis lou recounissen
Per leis boufé dé la naturou.

    La discutioun doue bon *pierras*,
Entré qué mé la racounteroun ,
Meis idee cé boulouverseroun,
Digueré *moumentou* viras
Per poudé trouva la magnerou
Dé lou couta din sa tanierou.
Eh ben , messieus, aï vis lou traou
Dé mangeou fangou *ventaraou*.
Es oue pét de la mountagnassou

Qua toujour soun capeou de glassou
Qué boufe en hiver, en estieou,
Soun air quand sor es maï qué vieou.
Quand boufou din la caniculou,
La nieuch la frejour vous aculou,
Et voou vous despluga moun plan,
Per poudé dounta soun élan.

Nous foou de vent din la naturou,
Mes foou qué boufoun en mesurou.
Ainsi la France esten en paix,
Nosté gouvernament francés
Oueyo dé faï foundré de boumbou,
Qu'en dé souedar yé fan seis toumbou,
Faïré foundré dé roubinét
Coumou de grand *foudre a vinét*,
D'avant lou traou doue vent boufaïré,
Basti d'aploun et noun dé caïré,
Unou murayou de rampart,
Leis roubinet dé toutou part
Plaça din d'egalou distançou,
Per dounta seis estravagançou,
Piei dé savan mecanicien,
Qué soun pé fort qué leis ancien,
Enventessoun un engranagé
C'aguessé lou bel avantagé
Dé n'en lacha qué lou besoun.
Qué demandayé la saisoun,
Alor viyan pus leis ravagé
Doue grand destructour d'hiretagé.

Crezé qua ma proupousitioua
Yé pourtarés voste attentioun.

Bravo! bravo! touteis crideroun ,
Qu'a milou pas s'entendegueroun.
Car dé joie leis vesin ècho ,
Chacun yé pagué soun esco.

LOU PRÉSIDÉNT.

Messieus, sieou fier qué l'assembladou
Sus ren cé trouvé engavachadou ,
Car vezé qué sian leis chalan
De touteis leis cranou talan.
D'abord qué la matiere es caoudou ,
Ques ici qué l'esprit cé saoudou ,
Tabassen lou ferré d'aploun ,
Sourtira d'or maï qué de ploum.
    Auen , *Pistoufou* , bon couragé!
Parlou nous deis marri minagé ;
Per teis liçoun degourdiras
Dé gens qué soun din l'embaras.

PISTOUFOU , *optimistou.*

Es prouva qué quand leis minagé
Marchoun ben , ya double avantagé.
Dedin lou mendre deis oustaou ,
Quand ya la paix , ce mangeou caou.
Et nosté gouvernament gagnou
Per tout mounté ya l'air coucagnou.
Mes ce la fumé et lou mari ,
Sus un ren venoun sagari ,
Talou revoulutiou mesquinou ,

Demoulis traval et cousinou,
Amaï ce trovoun de mouyen,
S'envoloun soun pus mitouyen.
Per tout mounté ya de miserou,
Lou reï per seis pecunierou,
Car leis bagarou deis oustaou
Signoun leis biyé d'hespitaou.

Leis courpatas dé l'escritori,
Qué tirayen de sang d'un porri,
Noueya qu'unou taoule a tres pé,
Cé nén gargalisoun lou béc;
Enfin vegissi ma recettou,
Per avedre unou paix coumpletou.

Unou fumou coumou gna tan,
Qué sus tout vouy'avé leis brayou,
Dessus un ren fazié boucan,
Oue bon sen livravou batayou.

Quand lou marri yé dezié, bi,
Yé respouudié : ba, bo, l'ivrou ;nou!
Gourin, vaurien, sot aberti!
Mes sus lou cop sentié sa pougnou.

Car soun hommé paou coumplese il,
Quand l'*arcanettou* yé mountavou,
A sa mita fazié present
Dé caouqueis moustas qu'apuyavou.

Unou bonnou vieyou san dent,
Vesinou d'aqueou tripoutagé,
Qué la crezien despiei longtems,
Sourcierou diu lou vesinagé,
D'aqueou pareou n'agué pieta.
Un jour acousté la coumaïré,

Yé diguét : ce vos m'escouta,
Vieoures coumou doux calignaïré.
Car es hountoux touteis leis jour,
Lé vous veïré faïre tapagé.
Toun homme marquou soun amour,
A cop dé poun sus toun visagé.
Cé vos tout aco fenira,
Et ten voou douna la magnerou.
La fumou dis couebeïra,
La vieye alor faï sa prierou,
Aprés dis : porte a toun oustaou
Aquel'aïgue emé la dourguettou.
Viras resta din lou repaou
Pessu, baceou, nioqué et lenguettou.

Vegici moun famoux secret,
Quand *Jean* plen doue jus de la souquou,
Té lansara seis cop dé béc,
D'aquèle aïgou ramplis ta bouquou,
Counservou la tant qué pourras,
Viras adouci soun renagé.
Cé gitara dedin teis bras,
Coum'oue proumié jour de mayagé.

Lou soir l'homme mita moustoux,
Y'entre en fazen seis trantayadou,
Leis yeux bouyen présqué furioux,
En baten sa vieyou chamadou.

La fumou cour à lengredien,
Noun pa sans faïré la grimaçou,
Dé poudé diré a soun vaurien
Dé pater bouru face a façou.
Mes gardé jusquou din lou yé
Dé soun aïgou la bouquou pleinou,

Aco yabissé seis fouyé.
D'amour ce douneroun l'estrenou.
   Tant que la dourguetou ragé,
Eroun coumou dox tourtourelou.
Mes dessuitou qué cé vegé.
Rescoumenceroun seis quéréllou.
Leis grafignade et leis baceou
Desbarqueroun acha dougenou,
Jéanet yé coungrié la peou,
Coumou quand rascloun la coudenou.

   A la vieyé agué maï récous,
Disen : d'aïgou naï pus la goutou.
Sieou mortou san vosté secous,
Ramplissé me nen unou boutou. —
   » Tout aïgue es bonnou, moun enfant,
(Ye dis san dent ;) per lou minagé
» Ren arestou mies leis boucan,
» Qué quand nen sabé faïre usagé.

La bouquou pleinou : l'ivrougnas
Seis juroun restoun san ripostou.
En respounden : vaqui lou cas,
Dé vous faïré sarra leis costou.

Ainsi messieus moun ouepignoun
Sayé conncernan dé migoun
Qu'arrivoun dedin leis minagé,
Tant deis villou qué deis villagé,
Dé prega leis legislatour
Qué couneissoun leis grand detour
Deis leis qué regissoun la Françou,
D'arengea din sa toulerançou.

L'état civil *mari mouyé,*
Per arresta forçou fouyé
En fazen un nouvel articlé,
Qué legiyen mies qué maniclé,
Eis futur quand van dire ouevi,
Qué dessus tout soun rejouvi.
  La fummou per tout seguis l'homme,
Fugue fegnan, fugue economé,
Et quand l'hommé roundinara,
Sa bouquou d'aïgou ramplira.
Tal articlé din dé famiou
Yé souevara force avariou.
Vaqui moun dit, ses vosté avis,
Faren lou bonheur doue peïs.

LOU PRESIDENT.

Caou poou refusa l'acouladou
Em'unou tant bellou pensadou.
Jamaï leis pé grand deis coungré
An mies parla per leis prougré.
  Nostou moussioun trés bounourablou
Quand la viran sara valablou;
Car touteis leis savant francés
Per leis benfa soun toujour lés.
  Més sieou d'avis sans manigançou
De cloutura nostou seançou.

CÉNÉPOU, *mestre d'escolou.*

Coume avé dit en paou pes haou,
Tabassen quand lou ferré es caou.

Deman trouvaren dé matierou,
Et chasqué jour l'annade entierou ;
Mes per yeui y'ancarou lou tems
De passa sus leis crontoutems.

Quand s'agis de parla mouralou,
Coumé issi ya ges dé cabalou,
Escoutares ma narratioun
Oue soujet de l'éducatioun.

Leis pé grand pintré dé la terrou
Soun *Lafountaine* emé *Molierou*,
Seis plumou yéroun seis pinceou,
Per pinta seis richè tableou.

Un fazié parla la critiquou,
L'elouquencé et per fes la triquou,
En tabassant de cent façoun,
En d'homme fazié sa liçoun.

L'aoutré memoiré incoumparablou,
En nous pintant seis belleis fablou,
A fa diré per d'animaou
Deis homme touteis leis defaou.

Ainsi trouve pa ges d'ouevragé
Coume aqueou cagué l'avantagé.
Dé redrissa din l'ouecasioun
L'hommé qua paou de councessioun.

Car garis l'orgueï, l'avariçou,
Et toutou sortou dé maliçou :
En legissen taous mounument
Vous charmoun eternelament.

L'enfançou coumpren *Lafountainou*,
Coumou yeou lou parla d'*Athenou*.

Ainsi deou legi tal ouetour,
Qué quand sa barbe a prés coulour.
   Alor frés sourtén dé coulegé.
Soun bon sens pren lou previlegé
De dire : estudien emé goux
Aquesté ouevragé merveyoux.
Seguiguen seis bellou pensadou.
Qué venoun batré dé chamadou.
Eis michans.... dessuitou legis
Aquestou fablou qué seguis.

   Un opulén dé la finançou
Cé mouquave un jour d'un savant,
Disen qu'avié ges dé pitançou,
Car poudié pa gagna soun pan.
   Qu'ere inutilé sus la terrou,
Queou riché per mouyen d'escu,
Fazié la paix, fazié la guerrou,
Mé qué lou savant er'un gu,
San ressourçou san counfiançou,
Enemi dé toute aboundançou.
   A tale insultou d'arougan
Lou letru resié doue fandan....
   Un jour la guerré et sa miserou
Yé destruiguét sa ville entierou,
L'opulén fugué san lou soou,
Fougué qué gardessé leis bioou,
Per mangéa... mes l'hommé dé sciençou,
Briyé per seis gran counissençou.
   Din tout peïs coumé à Paris,
Lissa diré leis sots, lou savoir à soun prix.

Dé l'hommé estudioux vegeaqui l'apologou .
Quand dedin lou savoir soun geniou yé vogou,
Tòt ou tard es rescoumpensa ,
Et l'ignouren es din lou sa...

Mes quand vezé din de seançou ,
Dé vanté clafi d'arougançou ,
Vrè *coulobré, mouïsé, griffoun,*
Dé *Lacépéde* et de *Buffoun,*
Parce quand en paou dé licturou ,
Fan leis *pavoun* de tale enflurou ,
En pessugant dé vieis ouetour,
Sus tout cè crézoun enventour .
Bramoun dedin soun declamagè ,
Qu'ensourdoun tout lou vesinagè.

Yé disé : unou mountagne avié leis maou d'enfant,
Gulavan dex fes maï qué cent mile *alaphans.*
Aprés dé grans esfort d'unou minçou reguetou ,
N'espeliguét unou *furetou.*
L'orguyoux s'aplouedis proumés lou pé souvent,
De soun feiblé coco peccaï sor qué dé vent.

Ainsi chasqué *sens* d'une fableou
Eis testou dreche et variablou.
Per seis talan o seis defaou
Yé ser dé glaçou, dé miraou.
Voudreou qué leis acadèmiou
Ourdouneçoun din seis géniou,
Qué leis fablou qué charmoun tan
Cè legiguessoun qua vingt'an.

Alor sa savantou mouralou
Din soun cerveou say'ala calou.
Vaqui moun dit.. Lou président
N'infourmara leis coumpétent.

LOU PRÉSIDÉNT.

Taou prougé sara d'embassadou
Avan la fin dé la journadou.
  Messieus, avant dé cloutura
Lou sécrétari légira
Leis fragament deis beou memoirou
Qué charmaran noste oueditoirou,
Deman din la reuniou
Qué faï nostou belle unioun.

TRIQUETOU, sécrétari.

Messieus, sia prevengu d'avançou
Qué deman dedin la seançou
Gnouera qué cinq qué parlaran.
Mé créze qué nous counvendran.

D'abord lou savantas saquettou,
Ques pa mancho de la lenguettou,
Nous parlara sus leis chivaou
Qué sa sivadou es leis journaou
Per mouyen dè vieyou gazettou
Yé legissen.. Talou recettou.
Quand oueyen dé cambou de bos,
Troutayen mies qu'un merinos.

Après *Fouyoun* l'incounparablé,
L'homme oue peïs lou pé capablé,
Counsernan la salubrita,
Debitara seis vérita,
Sus la magnerou qué netégeou
L'ouedour que nous porte p'anvegeou
Mes sans eou viyant leis calour,
Sans avè mangea de primour,
A'oussi la grandou counissençou
Dé saoupré faï la differrençou,
En ramplissen soun *tariroun*,
Deis rébu qué faï prouvisioun,
Unou payèrou marchandisou
Emè talan vous la devisou,
Car per mouyen d'un cop de naz
D'un chascun recouneï lou cas.

Quand nen trovou *d'homme d'affairé*,
Dessuitou leis virou dé caïré,
Car cé leis metien pér fumié,
Lou *minagé* nen gémiyé.
Deis semençou leis pé poulidou,
Sourtiyé qué *gramé* et *couessidou.*
Ainsi chascun selon leis gens,
A la terrou fan maou voben,
Dira : qué cé doue *grand villagé*
N'avié dé certen persouuagé
Fayé veni dins un matin,
Pé longou que de piloutin,
Unou terradou dé *Carrotou.*
Mes içi terminou sa notou.
Lou troisième qué parlara
Segur qné nous countentara :

Fs nosté iugeniour Cranqueli,
Caïmou maï la vestou qu'un *quéli.*
Nous citara deis voyageour
Qué partoun amé leis vapour,
Dessus certen camin dé ferré,
Qué fugues *Jean,* qué fugues *Pierré,*
Cé mounta dedin leis wagoun
Qué sia pé maou qué dé mouetoun,
Per faï la route en bonnou chançou,
Vous foou dé *plaquou d'assurançou,*
Aoutroumen, cregna descouver
L'aïgou, lou fio, la terre et l'air :
Et quand un deis quatré varayou
Oue malhur paga vostou tayou.

   Enfin nous desveloupara
Coumou l'hommé es capoulara
Deis secoussé et deis crouqignolou,
Cacassa din leis cabriolou,
Quand esquifa qué vostou peou
Agué unou caïssou per manteau,
Piei *cascaveou* la teste alertou,
Parlara d'unou descouvertou,
Qua fa per gari certen maou,
Qué dent, gougié, pouchoun, *enclaou,*
Maladié qué regne à Beoucaïre,
Et qué s'esvalira pas gaïré,
Car quand avé leis *coste en long,*
Sus leis brouyard vous fan dé bon.
Sa l'oustaou ya pa dé mounedou,
Avé ni croustou, ni mouledou,
Vous levan l'amour doue travail,
Vous faï desbarqua leis badaï.

Mes cepandan din la recettou
Trouvara garisoun coumpletou,
Per mouyen d'ounçou de *besoun*,
Et de *miseré* une enfusioun,
La garrira : talou magnerou
Fara ramboura la pagnèrou.
Un viei prouverbou, verita
Dis : *besoun faï vieyou trouta.*

 Enfin *Tarnagas* l'hommé libre
Qué résoune ouettan ben qu'un libré,
 Cantara la joie doue beou tems,
Deis très sésouns et lou printems,
Sus leis espoir de la faturou,
Quand leis recordou soun madurou,
Qué din nosté galoï peïs
Lou travayaïré réjouvis.

 Nous citara lou samenaïré,
Quand getou lou gran de tout caïré,
Dis à la terrou ; té, moun or,
Coumou sies unou bonnou maïré,
Mé surviyaras moun trésor,
Oueras piéta , doue labouraïré.

  Dedin sa joie purou,
  La fiou de dicou ,
  Soignou la culturou ,
  D'énfant qué soun sieou ,
  N'escartou leis *torrou,*
  Leis *taoupe* et *ratoun ,*
  Leis plour dé l'aurorou
  Qué toumboun d'aploun ,
  Refresquoun l'herbéttou ,
  Per qué lou souleou ,

Quand faï dardayetou,
Séque pa sa peou.
Quand l'epoque arrivou,
Qué faï seis presént,
Disétou s'esquivou,
Faï ploouré d'argént.
   Piei la tourtourellou,
Et leis ouesseloun,
Fan dé ritournellou,
Dédin seis cansoun,
L'estin leis apayou
Per aco soun lés,
Et dé seis fiançayou
Dicou pagou leis frés.
  Dessus la flourettou
Lou parpayouné,
Qué dé sa bouquetou
Faï dé poutouné.
Faï din leis parterou,
Caressan leis flour,
En toutou la terrou,
Lenguete eis amour.
   Piei la riche *abuyou*,
Lou soir, lou matin,
Leis flourétou fuyou,
Pér faï soun butin.
Soun meou cristalisou,
Dedin soun palaï,
Res la rivalisou,
Pér soun pouli biaï.

Enfin messieus de la naturou

Nous fara la richou pinturoù,
Et nen saren tan satisfa,
Qué restaren estupufa.

LOU PRÉSIDENT.

La seance és finide et deman, a dex hourou,
Leis membré réuni faren bonnou tempourou.
D'un répas campagnard soulidé de frico,
Qué nous réjouvira per soun menime esco.
Youra pa ges de ratatouyou.
D'escarpous tenquous et granouyou ,
Lou pé cranou deis courbouyoun,
Nés jamaï qu'un mincé bouyoun,
Faiblé dé goux, dé counsistençou,
Qné n'a pa proun dé registençou.
Mes youra dé costou dé bioou,
Emé lou soupiqué qué foou,
Des coustéléte acha dougénou,
Qué purefioun la bédénou,
Segoundadou d'un bon gratin,
Qué faï poumpa leis cop dé vin.
Per desser caouqueis andouyettou,
Faran canta la cansounettou.
Et quand ouren lou ventré plén
Sus leis talan resounaren,
Sourtira dé nostou cabessou
Dequé metré din l'alegressou,
Tou lou miejour *rayoou gavo*,
Qu'en massou cridaran bravo !

Beoucaïre

VIS DUN PICHO TRAOU.

Musou qué toun jardin es rampli de salan,
Nen sort pa ges de flour qu'embaimoun lou savan,
Mete yé dé fumié, faï nen sourti caouqu'unou,
Proufitou doue beou tems, sian din la bonnou lu—
[nou.

Canten sans flatatioun leis grandeis verita,
D'unou classou de gens que lan ben merita.
Lorguei, la jalousié, l'usurou, l'avariçou
Soun seis mendré defaou car yé rende justiçou,
Dox ou tres fes per mes van faïre seis bon jour,
Contoun dé bagatele eis sage directour,

Marchoun leis yeux bissa d'une ame patelinou,
Soun pé marri qu'un miooa que mor et que regui-
[nou.

Seguis ta religeoun nen fagues pa mestié,
Troumpes pa toun prochain, fugues pas estafié,
Saras ima dé dieou, saras cheri doue mounde,
Et res té dira pa que l'infer té counfounde.
Foou travaya per dieou, faï quicon per leis gen,
Per poudé deis darnié para seis cop dé dent.

Din aqueste peïs la charmantou naturou,
Nous a coumbla dé doun maï qué dé la mesurou,
Eh ben qu'aou maï, qu'aou men, sufique balegen
Per un mot d'ivrougnas force s'ensuquayen,
Lissen leis sots flatour jugea la politiqou
Lou mendre deis discour vous leis rend fanatiqou
Imen lou noum francés ét seis institutioun,
Ce leis grand an de bru nes que per l'embetioun,
Et deques qué nous faï qu'un arquin fugue en placou,
Quan lou mestre lou voou foou beeoure din la tas-
[sou.

Lon laïsse esgousia leis fasur de discour;
Cé deraboun leis peou fan leis predicatour,
Semblou chasque moumen qué van quita la vestou,
Caouquoufes soun d'accord et nous sian en batestou.

Francés ralien nous tout ouetour doue poudé,
Eis animousita despounchenyé leis déts,
La France flourira youera pus de victimou,
D'acor nivelaren lou traou de noste abimou.

Homme presouutuoux, rampli de vanita
Clafi d'or et d'argent qu'un païre ta lissa,
Régounfles de grandour, trates lou miserablé,
Pire que ver leis turc, es ti pa toun semblablé?

As ti maï cousta queou per estre fabriqua?
Sies fa d'uue aoutre car ren poou té la maqua,
Lou veritable amour cé plaï mies sur la payou,
Quéntoura dé veloux sus de riche merayou.

Quand foou restitua nosté darnié badaï,
Qué din lou grand jardin anen servi d'engraï,
Eh ben dequé emporten? quand meten à la vellou :
Parten environa din un grand tro de tellou,
Souven d'avidata doue linge d'un moussu,
Lou *jardinié deis cros* lou mes coume es nascu,
Aqui tout es egaou car la michantou souïrou
D'un cop de soun ouetis passou la *rasadouïrou.*

Leis vieï nous citaran qu'aven ges de farçur
Coumou * *Poise, Lamber, Perreyé,* ben segur,
Qué quoaqu'un assagesse à faï seis bagatellou,
Dessuite es menaça de la courètionellou,
Per la mendre resoun, per lou mendre prepaou
Fan conta leis sartant deis gens deis tribunaou.

Avoucat, proucurour, ussié, grefié, noutari
Soun leis cat deis humain, nous aoutreis sian leis

[garri,

Ya pas ges de Bagare et ges de sussecioun,
Sans estré grafigna dé sei vilen arpioun,
Youeyé que trente soou soun per lou contourole,
Chasque actour espaga segur maï que soun role,
Mortel envenima passavous caouqouren,
Farés, naïsse leis jour rejouvi d'aoutre tems,
De coumique vires noun pas acha dougenou,
Més poures leis counta sans geinou per centenou,
Démounté qué virés trouva millou flattour,

* Trois anciens farceurs du pays.

Amis dé Cabaret, brouya din quatre jour,
Vous plagnoun lou salut, vous trouvan per carrierou,
Grace ou més de juyé qué yé ren l'amou fiérou.
Tant d'aoutrei que vezen que fan sei mié savant,
Un ouevrage ben fa vous lou cretiquaran
Parce que sara fa per quaoucun de la villou,
Per cagoun l'ouecasion de destila sa billou,
Souvent lou bel esprit que faï tant l'arougant
A peine mes soun noum cé servent deis dos mans.

    Passa per opulant, savé miege fourtunou
Tout vous faï lou beou beou res nages de rancunou,
Sof lei cop de dent qu'avé dé per darnié,
Entré vira lou pét lachoun sa jalousié
Tout es en paou tayur car cé qué leis counsolou,
Es de vous alounga de fiere camisolou.

    Passa per estre gu fan pa tan de cancan
Fan a peine attentioun cé sia mort o vivant,
Qué mangés de rounseou, qué rousigues de payou
Din toute sa pieta passa per dé guzayou.

    Soulageayen péleou dé certen éstrangé,
Qué pareissoun faro piei cé mordoun leis dé.
Vezen touteis leis jour din lou tems de la fierou,
D'espieoula ferluquét, riche à la grapouedierou,
Teni de grand café, cabaret, restouera
Mounta coume de chin en argent mouneda,
Trovoun dé magasin din touteis leis carrierou,
Prenoun cé qué yé foou van trouva leis boucherou,
Jardinié, mangounié, boulangé, charcutié,
Jusque oue marchand dé vin qué garnis seis chan-
                              [tié,
An per seis pagament de bastoun de boureyou,
Chascun es satisfa crei d'avé fa merveyou,

Aco yé faï pas maï qué fagoun dé guiraou,
Dédin seis pagament donoun ges d'argent faou
Lou vingt'hieu juyé fans tayo sans escortou,
Pagoun seis creancié la claou soute la portou.

Qu'un homme counegu vogue faï caoucouren
Sès paoure à pas doux yard d'amadou sans argent
Tout yé toumbou dessus, semblou'qu'agu la pestou,
Quand ressaou caoucouren foou qué gnague dé res-
[tou.

Ce lon dieon deis beou vers m'aguesse aprés quicon,
Caguesse en paou begu d'aïgou de l'élicon,
Oueyeou ben louangea d'une joie sans payerou,
Leis gen qué doux peïs soulageou nla miserou,
Car cégna de méchant gna qué fan force ben,
Qu'assistoun sans orgueil d'ouestaou force endigen,
Parlayeou dou bureou qué sagatou l'usurou,
Deis eoumorne que fan nieuchet jour sans mesurou,
Mé, per leis ben louva brounque touteis leis pas
Tout me cride tasté : sies poéte bousquas.

L'homme ques vertuous rira de ma bambochou,
Aqueou ques pessuga trouvara de nicrochou,

FIN.